AF369401

# CATALOGUE

DE

## TABLEAUX, GRAVURES, DESSINS, FAIENCES
## PORCELAINES, IVOIRES, ÉMAUX
## MINIATURES, ARMES, CURIOSITÉS et OBJETS DIVERS

COMPOSANT LA COLLECTION

DE

## Feu M. Paul CASSAGNEAUD

DONT LA VENTE AUX ENCHÈRES AURA LIEU

EN SON DOMICILE, RUE AMOS-BARBOT, 10

## A LA ROCHELLE

*Du 14 au 22 mai 1895, à une heure très précise*

**Par le Ministère de M. Ludovic BOURDJAU, commissaire priseur**

**Assisté de M. Etienne BOURGEY, expert**

75, Faubourg Saint-Denis, à PARIS

---

**EXPOSITION PUBLIQUE** : Le samedi 11, le dimanche 12 et lundi 13 mai 1895,
de deux à six heures, rue Amos-Barbot, 10, à LA ROCHELLE.

*On trouvera le catalogue chez M. Ludovic BOURDJAU, commissaire priseur,
rue Chaudrier, 5, à LA ROCHELLE, et au bureau du Journal des Arts, rue de
Provence, 1, à PARIS.*

---

MACON

PROTAT FRÈRES, IMPRIMEURS

—

1895

# CATALOGUE

DE

## TABLEAUX, GRAVURES, DESSINS, FAIENCES
## PORCELAINES, IVOIRES, ÉMAUX
## MINIATURES, ARMES, CURIOSITÉS et OBJETS DIVERS

COMPOSANT LA COLLECTION

DE

# Feu M. Paul CASSAGNEAUD

DONT LA VENTE AUX ENCHÈRES AURA LIEU

EN SON DOMICILE, RUE AMOS-BARBOT, 10

## A LA ROCHELLE

*Du 14 au 22 mai 1895, à une heure très précise*

**Par le Ministère de M. Ludovic BOURDIAU, commissaire priseur**

**Assisté de M. Etienne BOURGEY, expert**

75, Faubourg Saint-Denis, à PARIS

---

**EXPOSITION PUBLIQUE** : Le samedi 11, le dimanche 12 et lundi 13 mai 1895,
de deux à six heures, rue Amos-Barbot, 10, à LA ROCHELLE.

*On trouvera le catalogue chez M. Ludovic BOURDIAU, commissaire priseur,
rue Chaudrier, 5, à LA ROCHELLE, et au bureau du Journal des Arts, rue de
Provence, 1, à PARIS.*

---

## MACON

PROTAT FRÈRES, IMPRIMEURS

---

## 1895

# CONDITIONS DE LA VENTE

La vente se fera expressément au comptant.

Les acquéreurs payeront en sus des enchères six pour cent applicables aux frais,

L'exposition mettant les acheteurs à même de juger de l'état des objets, aucune réclamation ne sera admise une fois l'adjudication prononcée.

M. Etienne Bourgey, expert, sera à partir du 5 mai, Hôtel des Étrangers, à La Rochelle ; il remplira les commissions qu'on voudra bien lui donner, aux conditions habituelles.

L'expert se réserve le droit de diviser ou de réunir les lots.

L'ordre des vacations sera suivi.

# ORDRE DE LA VENTE

## MARDI 14 MAI

Faïences et porcelaines : nᵒˢ 5, 7, 8. 12, 13, 15, 18, 19, 28, 29,
30, 31, 32. 34, 36, 37, 40, 41, 49, 50.

Tableaux : 76, 79, 81, 85, 88, 89, 129, 130, 137, 141, partie
du 151, 152.

Antiquités : 161, 162, 163, 164, 167, 170. 173, 176, 180,
181, 182.

Bronzes : 187, 189, 190, 194, 205. 206, 209. 210, 211.

Ivoires : 220, 221, 223, 224.

Planches : 237, 238, 239.

Miniatures : 277, 281, 290, 293.

Émaux : 318, 319, 320, 321, 322.

Gravures : 357 à 361, 392 à 399, 420, 456.

Divers, etc. : 536, 539, 543, 554.

## MERCREDI 15 MAI

Faïences et porcelaines : nᵒˢ 1. 2, 6, 9, 10, 11, 16, 17, 25. 26,
38, 39, 42, 43, 44, 45, 51, 52, 53, 54.

Tableaux : 77, 78, 84, 93, 94. 95, 131, 133, 143, 144, partie
du 151, 152.

Antiquités : 159, 160, 165, 166, 168, 169, 171, 172, 174, 175,
177, 178, 179, 183, 184, 185.

Bronzes : 186, 188, 195, 196, 197. 198, 200, 207, 212, 213,
215, 231.

Sceaux : 243 à 256.
Marbres : 269 à 275.
Gravures : 362, 363, 364, 377.

### JEUDI 16 MAI

Faïences et porcelaines : 3, 4, 14, 22, 23, 24, 27, 33, 35, 46,
   47, 48.
Tableaux : 55, 59, 60, 61, 64, 65, 66, 72, 74, 98, 100, 101,
   107, 109, 119, 126, 127, 128, 145, 146, 147, partie du 151
   et 152.
Bronzes : 191, 204, 216, 217.
Ivoires : 218, 219, 222, 225, 226, 228, 232.
Planches : 233, 234, 235, 236.
Cachets : 257 à 268.
Boîtes, miniatures : 276, 279, 280, 285, 289, 292, 298.
Vitraux : 342 à 345.

### VENDREDI 17 MAI

Faïences : 20, 21.
Tableaux : 67, 68, 69, 70, 71, 73, 75, 96, 99, 112, 113, 114,
   115, partie du 151 et 152.
Pastels : 156, 157, 158.
Bronzes : 192, 193, 240, 241, 242.
Miniatures : 278, 282, 283, 284, 286.
Émaux : 303 à 308, 313, 314, 323, 331, 332.
Gravures : 365 à 367, 370, 373 à 376, 388 à 391.
Dessins : 471 à 478, 487 *bis*, 488 à 495.
Divers : 519, 520, 523, 526, 530, 534, 535, 544, 551, 552.

### SAMEDI 18 MAI

Tableaux : 82, 83, 102, 116, 117, 118, 142.
Gouaches : 153 à 155.

Bronzes : 199, 201 à 203, 208, 214, 229, 230.
Émaux : 309, 312, 315, 316, 317, 324, 327, 330.
Gravures : 371, 372, 378 à 387, 419, 421, 424 à 427, 457 à 459.
Dessins : 496 à 504, 518.
Divers : 521, 522, 524, 533, 546 à 548, 555, 556.

### LUNDI 20 MAI

Tableaux : 56, 63, 87, 91, 97, 105, 120, 121, 139, 148 à 150,
partie du 151 et 152.
Miniatures : 287, 288, 291, 299 à 302,
Émaux : 310, 311, 328, 333 à 336.
Livres : 337 à 341.
Gravures : 400 à 407, 422, 423, 429 à 431.
Dessins : 505 à 518.
Divers : 525, 528, 529, 531, 532, 541, 542, 549, 550, 564 *bis*,
565, 566.

### MARDI 21 MAI

Tableaux : 57, 58, 62, 80, 86, 90, 92, 103, 104, 106, 132, 135.
Émaux, 325, 326, 329.
Armes : 346 à 356.
Gravures : 408 à 418, 460 à 470.
Dessins : 479 à 487 *bis*.
Divers : 527, 537, 538, 540, 557 à 561, 567 à 573.

### MERCREDI 22 MAI

Tableaux : 108, 110, 111, 122 à 125, 134, 136, 138, 140, 151
et 152.
Miniatures : 294 à 297.
Gravures : 432 à 455.
Divers : 545, 553, 562, 563, 564 et 574.

# NOTICE

La collection que nous mettons en vente est la plus ancienne
et une des plus importantes de l'Ouest de la France.

Commencée au début de ce siècle par M. Charles Brisson,
elle fut continuée jusqu'à nos jours.

M. Charles Brisson, né à La Rochelle le 2 mars 1780, eut
dès sa jeunesse la passion des antiquités : il voyagea beaucoup, à l'époque où l'on trouvait à chaque pas des merveilles
de l'art ancien, puis étant revenu se fixer dans sa ville natale
il se consacra à des fonctions administratives, et mourut le
17 décembre 1866, à l'âge de 86 ans, laissant sa collection à
un de ses amis, M. Paul Cassagneaud.

M. Cassagneaud, qui, lui aussi, mais à une époque plus rap-
prochée, avait réuni quelques objets anciens, se vit, de par
cet héritage, à la tête d'une collection très estimée, qu'il cher-
cha constamment à embellir. Travaillant sans relâche, avec
une lucidité vraiment étonnante pour un homme de son âge.

Jaloux de ses trésors, M. Cassagneaud n'en faisait que très
rarement les honneurs. Bien peu de personnes peuvent donc se
flatter de connaître cette collection.

Sur les dernières années de sa vie, bien qu'étant devenu
presque aveugle, M. Cassagneaud n'en continua pas moins ses
travaux, et ce n'est que quelques mois avant de mourir qu'il
quitta, bien à regret, son poste de conservateur du Muséum
Lafaille.

Il est mort dernièrement laissant, un grand nombre d'ouvrages sur l'archéologie, la zoologie, d'importants travaux sur La Rochelle, des recueils de poésies, etc. Savant autant que modeste, M. Cassagneaud ne parlait jamais de ses recherches, que sa famille livrera sans doute un jour à l'impression.

M. Cassagneaud avait fait le catalogue presque entier de sa collection; une partie en a été retrouvée. Bien que je ne me sois pas toujours trouvé d'accord avec les indications laissées, j'ai voulu m'y conformer pour faire le catalogue de la vente, réservant mes appréciations personnelles sur certains objets.

E. B.

# CATALOGUE

DE LA

## COLLECTION

DE

# FEU M. PAUL CASSAGNEAUD

---

# FAIENCES, PORCELAINES

## BISCUITS, SAXES

1. — Pichet en ancienne faïence de Nevers, fond bleu à décors de tulipe et de marguerite, en blanc et jaune d'ocre.

2. — Assiette en Nevers à décor blanc, sur fond bleu.

3. — Fond d'huilier en ancienne faïence de La Rochelle, à décor bleu (voir le savant ouvrage de M. Musset sur les faïences Rochelaises, pl. III, fig. 1).

4. —- Couverture de pot dit pot-pourri, en ancienne faïence ajourée de La Rochelle, à décors polychromes, 1783 R. (Musset, pl. XX, fig. 5).

5. — Chope avec couvercle en porcelaine de Réaumur, décors polychromes.

6. — Deux autres chopes en porcelaine de Réaumur.

7. — Quatre petits pots en faïence de Strasbourg.

8. — Soupière en faïence de Strasbourg.

9. — Grand plat ovale en faïence. Rouen à la corne.

10. — Autre plat. Rouen à la corne.

11. — Assiette. Rouen à la corne.

12. — Porte-huilier en faïence de Moustiers, décors jaunes.

13. — Porte-huilier en faïence de Moustiers, décors bleus.

14. — Magnifique soupière de l'époque Louis XV, avec son couvercle et son support, à contours d'un beau galbe et peinte avec goût, faïence de Moustiers.

15. — Ecuelle en faïence de Rouen, à décors bleus.

16. — Deux vases avec couvercles et anses rustiques, décors polychromes, Chinois, oiseaux et bouquets. La Rochelle.

17. — Vase avec anses, décors polychromes très soignés. Nevers.

18. — Deux vases terre rouge, de la Chapelle-des-Pots.

19. — Deux vases à sujets, Delft polychrome.

20. — Grand plat ovale en faïence de Bernard Palissy, reptiles, poissons et coquillages, émail vert. Magnifique pièce modelée avec art, 0$^m$,55 sur 0$^m$,45.

21. — Plat ovale en faïence de Palissy, décors à ornements émail vert, 0$^m$,38 sur 0$^m$,30.

22. — Bénitier avec Christ en ancienne faïence, de la Chapelle-des-Pots.

23. — Petite jardinière en faïence rustique de Palissy.

24. — Fontaine en faïence d'Avisseau, de Tours, haut. 0$^m$,40.

25. — Grand plat à décors de reptiles, d'Avisseau, de Tours ; belle facture, 0$^m$,38 sur 0$^m$,48.

26. — Autre grand plat d'Avisseau.

27. — Grand plat, suite de Palissy, décors à médaillons, décors polychromes.

28. — Buire en faïence, émail vert.

29. — Buire en faïence avec anses, émail vert.

30. — Petit pot en faïence de Rouen, à décors bleus.

31. — Grand encrier à décor bleu.

32. — Trois potiches Delft.

33. — Petit pot avec couvercle. Verre peint, signé 4. R. 73. La Rochelle.

34. — Petite jardinière en faïence de Moustiers.

35. — Plat ovale, genre Palissy.

36. — Buste sur un socle, faïence de Delft à décor bleu.

37. — Buire en grés, finement émaillée.

38. — Petit plat porcelaine de Chine, famille verte.

39. — Assiette porcelaine de Chine.

40. — Deux statuettes. Biscuit.

41. — Léda, groupe en biscuit.

42. — Jeune femme tenant une corne remplie de fleurs. Biscuit.

43. — Petit groupe : Trois enfants assis. Biscuit.

44. — Autre groupe : Homme enlevant une femme.

45. — Deux statuettes Saxe : Homme et Femme assis et tenant sur leurs genoux une corbeille remplie de fleurs.

46. — Deux statuettes : Femmes tenant deux cornes d'abondance.

47. — Marchand de poissons : petite statuette.

48. — Trois autres statuettes.

49. — Petit cartel faïence.

50. — Sous ce numéro seront vendus en lot ou séparément quantité d'autres faïences, porcelaines, etc.

51. — Deux potiches, ancienne porcelaine de Chine.

52. — Deux assiettes vieux Delft polychrome.

53. — Plat Strasbourg, plat à barbe vieux Japon couleurs.

54. — Diverses assiettes, Chine, Japon et autres.

N.-B. — Quelques-unes des pièces ci-dessus sont fêlées ou ébréchées. Conservation moyenne.

# TABLEAUX

## *École Française*

### BERGHEM

55. — Un homme et une femme à cheval; à côté, d'autres personnages et des moutons. Joli panneau, signé B. G.

### BOUCHER (Attribué à)

56. — La toilette de Vénus. La déesse est environnée de deux Grâces, qui parfument sa chevelure; à côté est Cupidon, assis et appuyé sur son arc; un autre Amour noue l'un des cothurnes de la déesse. Haut. 0$^m$,63 sur 0$^m$,53.

### BOUINIEU

57. — Grand tableau allégorique représentant Saturne, la Muse de l'Histoire, celle de l'Astronomie; derrière Saturne est une jeune femme qui cueille des fleurs. Haut. 0$^m$,90 sur 1$^m$,14.

## BOURGUIGNON

58. — Charge de cavalerie. Les chevaux et les hommes s'entrechoquent violemment. Tableau peint avec vigueur. D'après les notes trouvées dans cette collection, ce tableau a appartenu au prince de Clermont, grand prieur de France. Haut. 0$^m$,60 sur 0$^m$,75.

## PHILIPPE DE CHAMPAGNE (École de)

59. — Portrait du dernier président de Thou. Cadre ovale, bois sculpté, doré. Haut. 0$^m$,70.

## LARGILIÈRE (Attribué à)

60. — M$^{me}$ de Grignan, fille de M$^{me}$ de Sévigné. Charmant portrait ovale. Haut. 0$^m$,70.

## CLAUDE LORRAIN (École de)

61. — Paysage. Soleil couchant. Haut. 0$^m$,39 sur 0$^m$,47.

## MONNOYER, dit BAPTISTE

62. — Sur une table est placée, sur un tapis, une corbeille remplie de fleurs qu'un singe arrache. Haut. 0$^m$,95 sur 1$^m$.

## NATTIER

63. — Portrait en buste du grand Dauphin, père de Louis XVI.

## PARROCEL (J.)

64. — Engagement de cavalerie. Au premier plan, un cheval s'abat sur son cavalier étendu à terre ; à côté, un combattant le sabre levé tient à la gorge un autre cavalier ; dans le fond, une ville à demi cachée par un nuage de poussière. Haut. 0$^m$,50 sur 0$^m$,60.

## Ranc

65. — Portrait de Pierre Gaudron, gendre de Jean Castillon. Ovale. Haut. 0$^m$,80.

## Ranc

66. — Portrait de la femme de Pierre Gaudron, pendant du précédent.

## Rigaud (Attribué à)

67. — Portrait de Louis XIV dans sa vieillesse, manteau royal doublé d'hermine. Haut. 0$^m$,80 sur 0$^m$,60.

## Jules Romain (Attribué à)

68. — Christ en croix, panneau. Haut. 0$^m$,49 sur 0$^m$,33.

## Santerre (Attribué à)

69. — Femme dormant la tête inclinée sur la poitrine, son visage a des reflets qui indiquent que cette dormeuse est placée devant un foyer, très joli coloris. Haut. 0$^m$,55 sur 0$^m$,46.

## Santerre (Attribué à)

70. — Jeune fille accoudée à une fenêtre. Haut. 0$^m$,78 sur 0$^m$,62. Vieux cadre en bois doré, sculpté.

## Thievriat

71. — Nature morte, chandelier et vase, signé Thievriat, 1812.

## François de Troy

72. — Portrait de Jean Castillon, garde des pierreries de M$^{lle}$ de Montpensier. Haut. 0$^m$,70. Le 16 juillet 1779, les archives de La Rochelle firent mention de ce tableau.

Van Loo (Attribué à)

73. — Une jeune femme à genoux caresse de la main l'Enfant Jésus couché sur les genoux de la Vierge. Haut. 0ᵐ,48 sur 0ᵐ,38.

Joseph Vernet

74. — Scène de naufrage. Deux hommes transportent une femme noyée; dans le fond, navire en perdition. Signé **J. V.** Haut. 0ᵐ,45 sur 0ᵐ,37.

## *École Française*

75. — Fragment d'un grand tableau de maître : le Massacre des Innocents.

76. — Enfants jouant avec un tigre, esquisse.

77. — Louis XVI et Charles X enfants, costumés en petits savoyards, font danser une marmotte. Bonne copie du tableau de Drouais fils.

78. — Portrait du grand Condé, ovale, cadre bois sculpté.

79. — Sainte à genoux levant les yeux au ciel. Haut. 0ᵐ,65 sur 0ᵐ,53.

80. — Paysage, panneau. Haut. 0ᵐ,65 sur 0ᵐ,55.

81. — Sainte Geneviève à genoux, prie Dieu de délivrer Paris de la fureur d'Attila dont on aperçoit au loin les troupes. Au dessus d'elle plane un ange. Bon tableau. Haut. 0ᵐ,75 sur 0ᵐ,60.

82. — Deux grands paysages faisant pendants. Haut. 0ᵐ,60 sur 0ᵐ,75.

83. — Le grand Condé à cheval. Haut. 0ᵐ,60 sur 0ᵐ,50.

84. — Portrait de Michel Ange, vieux cadre bois doré, sculpté. Haut. 0ᵐ,60 sur 0ᵐ,50.

85. — Petite fille portant dans son tablier son chat emmaillotté. Panneau.

86. — Portrait de Barthélemi Bouché.

87. — Buste d'un jeune homme, les cheveux blonds tombant sur les épaules. Tableau sous verre. Haut. 0$^m$,55 sur 0$^m$,41.

88. — Portrait de l'acteur Baron. Tableau sous verre.

89. — Portrait d'homme, du temps de Louis XV, le bras droit étendu, la main ouverte, dans l'attitude d'un homme qui parle. Haut. 1$^m$ sur 0$^m$,80.

90. — Grande grisaille allégorique. Haut. 1$^m$,30 sur 1$^m$,05.

91. — Jupiter visitant Sémélé. Étendue sur son lit, Sémélé est éveillée par Jupiter qui se présente à elle armé de la foudre et environné de nuages. Haut. 0$^m$,90 sur 0$^m$,51. Vieux cadre bois doré, sculpté.

92. — Jeune femme assise ; à ses pieds se trouvent deux chiens grandeur naturelle.

93. — Trois oiseaux morts sur une table, une souris dévore l'un d'eux.

94. — Saint Bruno en prière, haut. 0$^m$,90 sur 0$^m$,70, très bonne copie de Jouvenet. Vieux cadre bois doré, sculpté.

95. — Portrait d'un jeune prince, cadre ovale, bois doré, sculpté. Haut. 0$^m$,39.

## *Écoles Flamande et Hollandaise*

### BACKHUYSEN

96. — Trois-mâts désemparé allant à la côte. Ciel chargé de nuages, superbe tableau, signé à gauche. Haut. 0$^m$,38 sur 0$^m$,55.

### Van Balen (Attribué à)

97. — Mercure jouant de la flûte et endormant Argus. Derrière Mercure est la vache Io, qui prête attention à ce qui se passe. Tableau ovale. Haut. 0$^m$,50.

### Pierre Balten

98. — L'embarcadère. Plusieurs personnages sortent d'un palais bâti au bord d'un embarcadère. Au premier plan, des pêcheurs déchargent un bateau. Signé S. P. B. Haut. 0$^m$,29 sur 0$^m$,37.

### Van Bloemen

99. — Ane tombé sous une charge de fruits et de légumes, son conducteur le frappe de son gourdin. Très joli panneau, signé D. V. B. 1667. Haut. 0$^m$,26 sur 0$^m$,38. Vieux cadre bois doré, sculpté.

### Bril Paul (Attribué à)

100. — Charmant petit paysage sur cuivre.

### Bril Paul (Attribué à)

101. — Deux petits paysages en leur cadre bois doré, sculpté.

### Bramer

102. — Samson et Dalila. Sujet traité comiquement. Haut. 0$^m$,36 sur 0$^m$,50.

### David Hecmskesck

103. — Intérieur de cabaret. Deux hommes jouent aux cartes ; derrière eux est un fumeur ; sur le second plan, à gauche et à droite, d'autres groupes jouent, boivent et fument. Excellent tableau, signé et daté : Egbest Kesch, 1600. Haut. 0$^m$,40 sur 0$^m$,50.

### David de Heem

104. — Sur une table est posé un tapis sur lequel se trouvent différents fruits et des vases d'or et d'argent. Haut. 0$^m$,84 sur 1$^m$,05. Une copie de ce très bon tableau a été faite en 1867 et se trouve actuellement au Musée de La Rochelle.

### Klaas Molnaer

105. — Paysage. A droite, une maison dans un massif d'arbres, près d'une rivière dans laquelle une femme lave du linge; derrière cette femme, un homme se tient debout. Haut. 0$^m$,40 sur 0$^m$,53.

### Peters Bonaventure (Attribué à)

106. — Paysage hollandais, au bord d'une rivière. Dans le fond, un village sur le bord d'un canal sillonné par deux barques remplies de passagers. Panneau d'une grande finesse d'exécution. Haut. 0$^m$,60 sur 1$^m$,10.

### Poulamberg Corneille

107. — Le Jugement de Pâris. Joli médaillon dans son cadre bois doré, sculpté.

### Rembrandt

108. — L'Adoration des Mages, signé à droite ...AN.. RY. van Ryn. La richesse des coloris et l'habileté de l'exécution ne doivent laisser aucun doute sur l'origine de ce tableau. Haut. 0$^m$,50 sur 0$^m$,70.

### Rombouts

109. — Paysage. Signé. Haut. 0,$^m$53 sur 0$^m$,46. Panneau.

### Stoop (Attribué à)

110. — Jeune femme au portrait paraissant devant le kalife, amoureux de son image, et qui, pour s'assurer de la vérité du

portrait, le fait placer à côté de la jolie personne qu'on lui a amenée. Belle grisaille.

### DAVID TÉNIERS

111. — Les Joueurs de cartes flamands. Trois hommes assis jouent aux cartes, trois autres debout paraissent s'intéresser à la partie; dans le fond, de chaque côté, se trouvent d'autres personnages. Signé D. T. P. Haut. 0$^m$,40 sur 0$^m$,55.

### D. TÉNIERS (École de)

112. — Un fumeur tient une pipe et une chope; à droite et à gauche se trouvent deux autres personnages.

### TERBURG

113. — Van Dick et Crayer assis à une table chargée de comestibles. Haut. 0$^m$,35 sur 0$^m$,30.

### VAN VELDE WILLEM (Attribué à)

114. — Scène de naufrage, haut. 0$^m$,50 sur 0$^m$,80.

### WITTE

115. — Intérieur d'église, panneau signé.

## *École Italienne*

### ANNIBAL CARRACHE

116. — Le Christ mort, environné de trois anges agenouillés. L'un d'eux lui retire la couronne d'épines; derrière ce tableau, on lit en vieille écriture : Peint par Annibal Carrache. Haut. 0$^m$,32 sur 0$^m$,40. Vieux cadre bois doré, sculpté.

### CERQUOZZI (dit Michel Ange des Batailles).

117. — Son portrait fait par lui-même? Panneau, haut. 0$^m$,25 sur 0$^m$,17.

### Carlo Dolci (Attribué à)

118. — Sainte Madeleine en prière, panneau, haut. 0$^m$,80 sur 0$^m$,50.

### Garofalo

119. — Le triomphe de David. David sur un char traîné par quatre chevaux blancs, tient son épée d'une main, et de l'autre la tête du géant Goliath. Derrière lui est assis le roi Saül. La foule les acclame au son du tambourin. Un œuillet comme signature, peint sur cuivre. Haut. 0$^m$,45 sur 0$^m$,60.

### Georgione (Attribué à)

120. — Enlèvement des Sabines, esquisse.

### Georgione (Attribué à)

121. — Le lever du soleil. Allégorie. Apollon sur son char; autour de lui voltigent les heures, esquisse.

### Pannini (Attribué à)

122. — Paysage avec ruines.

### Titien (École du)

123. — Buste d'une sainte, martyre; panneau incrusté de pierres taillées en diamant. Haut. 0$^m$,53 sur 0$^m$,43.

### Robusti dit Tintoret (Attribué à)

124. — Petit panneau carré, tête de vieillard.

### Zucharelli (Attribué à)

125. — Paysage.

## Écoles Allemande et Espagnole

### A. Dürer (Attribué à)

126. — La Sainte Face, superbe peinture ; école allemande.

### Antolinès

127. — Sainte Madeleine et saint Joseph, deux petites peintures sur cuivre, en leur cadre bois doré, sculpté.

### Ribéra

128. — Saint Pierre, un manteau brun sur l'épaule, appuie la main droite sur sa poitrine et élève la gauche vers le ciel, magnifique tableau plein d'expression. Haut. $1^m,02$ sur $0,83$. Derrière ce tableau est écrit : Josep A. Ribera Hispanus, academicus Romanus faciebat, 1626.

## Écoles Espagnole, Italienne et Hollandaise

129. — Le Christ mis en croix, peinture sur cuivre, école espagnole. Haut. $0^m,35$ sur $0^m,30$.

130. — Petit panneau carré. Un homme, un chat sur les genoux, lui montre une souris qu'il tient de la main droite ; école espagnole.

131. — Saint Pierre délivré par les anges, haut. $1^m,00$ sur $0^m,77$. Très bon tableau de l'école espagnole.

132. — Saint en adoration devant l'Enfant Jésus, haut. $1^m,05$ sur $0^m,82$ ; école italienne.

133. — *Ecce Homo*, haut. $0^m,80$ sur $0^m,66$ ; école italienne.

134. — Les Noces de Cana, très bonne copie de l'école italienne, haut. $0^m,43$ sur $0^m,60$, vieux cadre bois doré, sculpté.

135. — Sainte Madeleine vue à mi-corps, tenant de la main gauche un mouchoir dont elle se sert pour s'essuyer les yeux; sa main droite est appuyée sur une tête de mort. Haut. 0<sup>m</sup>,70 sur 0<sup>m</sup>,60; cadre bois doré, sculpté; école italienne.

136. — Sainte Cécile. Très belle copie du tableau du Dominiquin, haut. 1<sup>m</sup>,55 sur 1<sup>m</sup>,20; école italienne.

137. — Paysage de l'école italienne. Ruines antiques.

138. — Intérieur de cuisine, peint sur cuivre, daté 1643; école hollandaise.

139. — Les musiciens ambulants, très bonne copie du tableau de van Ostade; école hollandaise.

140. — Grand tableau de l'école hollandaise représentant une foire, nombreux personnages et animaux. Haut. 1<sup>m</sup>,00 sur 1<sup>m</sup>,22.

## TABLEAUX DIVERS

141. — Un Ange gardien tient un enfant par la main et lui montre le ciel.

142. — Le Baptême du Christ. Cadre bois sculpté, doré.

143. — L'Annonciation de la Vierge; peint sur cuivre, haut. 0<sup>m</sup>,35 sur 0<sup>m</sup>,30.

144. — Deux jeunes filles et un homme près d'une fontaine où boivent des moutons, panneau ovale, haut. 0<sup>m</sup>,32.

145. — La Vierge tenant l'Enfant Jésus, auquel une sainte à genoux vient de présenter un fruit.

146. — L'Adoration des Mages, peint sur cuivre, haut. 0<sup>m</sup>,22 sur 0<sup>m</sup>,17.

147. — Suzanne et les deux vieillards. Très beau coloris, haut. 0$^m$,70 sur 0$^m$,55.

148. — Paysage, genre de Suébac.

149. — Paysage. Dans un site sauvage, deux chartreux en prière, cadre bois doré, sculpté.

150. — Portrait d'un des Douglas. Buste enfantin en pourpoint noir à crevés roses.

151. — Sous ce numéro seront vendus quantité d'autres tableaux, quelques-uns très bons.

152. — Sous ce numéro seront vendus divers panneaux, peinture sur cuivre, etc.

---

## GOUACHES ET PASTELS

153. — L'Adoration des bergers ; gouache sur vélin dans son cadre en bois sculpté et doré, xvii$^e$ siècle.

154. — Les Vendanges ; sujet mythologique, xvii$^e$ siècle.

155. — Le Christ mort, la tête appuyée sur les genoux de la Vierge ; jolie gouache attribuée à Bianchi, peintre de l'école romaine, xvii$^e$ siècle.

156. — Deux pastels représentant deux jeunes et jolies filles, le buste nu : l'une vue de face la tête inclinée ; l'autre, la tête légèrement tournée, tend la joue à un jeune homme que l'on aperçoit dans l'ombre. Ces charmants pastels sont attribués à Latour (Maurice Quantin), xviii$^e$ siècle. Haut. 0$^m$,40 sur 0$^m$,31.

157. — Deux jolis pastels : portraits des deux demi-sœurs ; du tableau « La Marâtre », de Greuze.

158. — Grand pastel : Vénus chez Vulcain ; haut. 0$^m$,80 sur 0$^m$,97, xviii$^e$ siècle.

## ANTIQUITÉS, BRONZE, FER, ETC.

159. — Vase étrusque rond, à anses, orné de dessins rouges sur fond noir.

160. — Amphore étrusque. Les anses remontant au dessus de l'orifice sont ornées de têtes de femmes en mascaron, peinture rouge et noire.

161. — Hache celtique en bronze, les bords relevés, long. $0^m,20$.

162. — Hache celtique, plate, en bronze, trouvée aux environs de Marans.

163. — Haches celtiques en bronze : plusieurs rares, quelques-unes trouvées aux environs de La Rochelle.

164. — Silex : pointes de flèches, haches, couteaux, etc.

165. — Statuettes en fer, trouvées près de Toulouse et représentant Ogmius : trois pièces, haut. $0^m,16$, $0^m,13$ et $0^m,09$.

166. — Statuette en fer : Eubage, prêtre devin.

167. — Différentes statuettes égyptiennes; terre émaillée et bronze.

168. — Le bœuf Apis, statuette bronze égyptien.

169. — Scarabées égyptiens et figurines diverses.

170. — Tête de Pâris, bronze romain, haut. $0^m,65$.

171. — Statuette étrusque. Mercure casqué, haut. $0^m,24$.

172. — Statuette, bronze égyptien : Isis, symbole du vent étésien, haut. $0^m14$.

173. — Statuette romaine en bronze : Diane tenant l'arc de la main gauche, le bras tendu, le bras gauche replié et levé, haut. $0^m,135$.

174. — Main gauche d'une statue romaine en bronze, du double de grandeur naturelle; à l'annulaire, bague avec chaton carré. Trouvée aux environs de Toulouse.

175. — Petite tête de cheval, les yeux en argent, bronze ayant été doré.

176. — Petite statuette d'Hercule étrusque; petit buste de femme; petit Hermès trouvé à Saintes. Trois pièces bronze.

177. — Collection de clefs romaines.

178. — Ornement en bronze.

179. — Fragment de mascaron, tête d'homme, bronze.

180. — Couvercle de vase grec : dessus, un enfant les bras levés; bronze, haut. 0$^m$,10. Statuette bronze représentant Auguste. Statuette de Priape guerrier, trouvée près de la Rochelle. Trois pièces.

181. — Bague grecque en bronze. Le chaton en fer représente le centaure Chiron et Achille.

182. — Bague romaine en or (bague de fiançailles).

183. — Bagues. (Bronze de diverses époques).

184. — Cuiller romaine, le manche terminé par un pied de bouc.

185. — Poids romain en bronze, bracelet, ornement divers, etc.

---

BRONZES, ÉMAUX, FERS, CUIVRES, IVOIRES, ETC.

186. — Plaques, médaillons, bas-relief (bronze).

187. — Vierges (bronze), appliques de diverses époques.

188. — Magnifique croix en acier, très finement ciselée,

représentant une scène du jugement dernier. Dans les quatre branches de la croix, dont les extrémités sont terminées par un ornement, se trouvent seize personnages. Haut. 0$^m$,20; xvi$^e$ siècle.

189. — Croix reliquaire en cuivre à double croisillon, dite : croix de Caravaca, haut. 0$^m$,15 ; xviii$^e$ siècle.

190. — Croix reliquaire en cuivre.

191. — Grande croix processionnelle du xii$^e$ siècle, en cuivre doré. Au centre, Christ bronze doré; à chaque extrémité se trouvent en médaillon les attributs des quatre évangélistes, en cuivre émaillé.

192. — Petite chasse byzantine dorée, émaillée, ornée de six médaillons, au milieu desquels se trouve un ange; sur le couvercle se trouvent six autres médaillons. Très belle pièce.

193. — Vierge en bronze doré et émaillé du xii$^e$ siècle, bonne conservation.

194. — Chapelet xvi$^e$ siècle.

195. — Coffret en fer, ajouré, haut. 0$^m$,10, long. 0$^m$,17, larg. 0$^m$,13, bonne conservation, xv$^e$ siècle.

196. — Éperon d'un comte de Toulouse, trouvé à La Rochelle. Autres éperons en fer.

197. — Crécelle en fer.

198. — Armoiries diverses en bronze.

199. — Différentes médailles, dont quelques-unes encadrées.

200. — Paire de mouchettes en bronze, xvi$^e$ siècle. Trouvée à La Rochelle dans le terrain de Gabut.

201. — Entrées de serrure en bronze.

202. — Plusieurs divinités asiatiques en bronze.

203. — Gardes d'épées.

204. — Grande trousse de chasse en forme de carquois, très habilement ciselée. Guerriers et chimères. Hauteur totale 0$^m$,40.

205. — Jolie boîte ronde en cuivre, époque Louis XV.

206. — Petit étui en fer ajouré.

207. — Taille-plume du xvii$^e$ siècle, fer ciselé, beau travail.

208. — Châtelaine en bronze doré, époque Louis XV.

209. — Autre châtelaine Louis XV.

210. — Châtelaine en fer ciselé.

211. — Châtelaine en bronze doré, époque Louis XV.

212. — Montre ovale cuivre, ciselée, époque Henri IV.

213. — Montre argent, ciselée, ajourée, ayant appartenu à Gontault-Biron, amiral et maréchal de France sous Henri IV.

214. — Petite statuette (bronze doré, guerrier).

215. — Boîte à encens.

216. — Bas-relief en cuivre représentant l'École d'Athènes. de Raphaël. (Buriné par J.-A. Houdon).

217. — Bas-relief en cuivre représentant la scène de Léonard de Vinci. Buriné par J.-A. Houdon; pendant du numéro précédent.

218. — Très beau Christ ivoire. haut. 0$^m$,22.

219. — Petit Christ en ivoire.

220. — Petite boîte ovale en ivoire, xvii$^e$ siècle.

221. — Râpe à tabac en ivoire, xvii$^e$ siècle.

222. — Étui ivoire, xviii$^e$ siècle.

223. — Étui ivoire ajouré, xviii$^e$ siècle.

224. — Pommeau de canne, ivoire, xvii$^e$ siècle.

225. — Manche de fourchette en ivoire, représentant un lion debout.

226. — Fourchette très ancienne, le manche en ivoire représentant Junon.

227. — Divers petits bas-reliefs en ivoire.

228. — Petit médaillon : Tête de Livie en bas-relief, ivoire ancien sur marbre jaspé.

229. — Petite boîte à mouches, agathe, monture cuivre.

230. — Tabatière à compartiments, époque Louis XIV.

231. — Carnet de bal en nacre, armature et ornements en argent, gravé, époque Louis XV.

232. — Médaillon en biscuit de Sèvre, représentant une scène de Bacchanale, d'après la pierre antique connue sous le nom de cachet de Michel Ange, quinze personnages, plusieurs animaux en postures diverses, joli biscuit, à fond brun clair, provenant de la collection du baron Roger.

233. — Chien attaché à un arbuste, bronze ancien.

234. — Planche en cuivre, gravée des deux faces, représentant d'un côté : le Christ mis au tombeau; en bordure, les instruments de la Passion, xvi$^e$ siècle. L'autre côté paraissant gravé un siècle plus tard représente la Vierge au ciel, tenant l'Enfant Jésus; à ses pieds, un moine à genoux; un ange, une longue croix à la main gauche, tient de l'autre main une balance et paraît peser les actes du moine. Signé *Chaumel*.

235. — Planche en cuivre, gravée : Armoiries d'Étienne Thubin de Chandoré, écuyer de la Bionnière en Poitou, gravée par de la Noue. Haut. 0$^m$,24, larg. 0$^m$,20.

236. — Planche cuivre ayant appartenu à un marchand orfèvre-antiquaire de La Rochelle. Sur cette curieuse planche est gravé : « Au soleil d'or. Louis-Jacques Pinet, marchand

« orfèvre, vend toutes sortes d'ouvrages d'or et d'argent,
« ouvrages d'églises, de cuisine et de toilettes, toutes sortes
« de diamants, d'émeraudes et pierres de couleurs, boucles
« d'oreilles, boucles de ceintures, généralement toutes sortes de
« bijoux ; il achète aussi le vieil argent cassé et vieux galons et
« toutes sortes de vieilles vaisselles, sa demeure : Rue des
« Gentils-Hommes à La Rochelle ». Au milieu de la planche, un
saint ciboire ; tout autour, guirlandes, mascarons et différents
attributs d'orfèvre. Haut. 0$^m$,20, larg. 0$^m$,14, xviii$^e$ siècle.

237. — Planche sur bois : Saint Nicolas ; à ses pieds, un
jeune homme, xv$^e$ siècle.

238. — Planche sur bois : La Sainte Vierge.

239. — Planche sur bois : Écusson couronné de France-
Navarre.

240. — Planche sur bois : Le Christ au Tombeau ; autour,
les instruments de la Passion.

241. — Planche sur bois : Les attributs de la mort.

242. — Sous ce numéro seront vendus quantité d'objets,
bronzes, ivoire, etc.

# SCEAUX ET CACHETS

243. — RENÉ DE GAIGON. Sceau rond.

244. — S. HUGO VIGIER. Sceau rond.

245. — S. THOMAS ROHER. Sceau rond.

246. ORA PRO ME RE LAURENTI. Saint Laurent debout, un gril
à la main ; à ses pieds, un pêcheur en prière. Sceau ovale.

247. — S. AEMERI-CHEUMLEN DE DION. La Vierge assise.
Sceau ovale.

248. — SIGIL. FRAT. RAYMOND DE CASTEL DOU. Saint debout tenant un globe. Sceau ovale.

249. — SEGOLLE DER S.. ODOL... Agneau pascal. Sceau ovale.

250. — SIGILL. PRIORIS JEMILLAE. Sceau ovale trouvé à La Rochelle.

251. — S. AUDRICI D. MOTE LEONE. Sceau rond.

252. — CONSILLIUM ECCLESIAE GALLICANI FATO IN ANNO MCCCCVIII ? Grand sceau rond.

253. — SIGILL. D. MONASTERI SCI GEORGI, ORDINI MONTI OLIVETI. Sceau ovale.

254. — Différents sceaux ronds et ovales.

255. — SIGILLUM BALDEWINI DEI GRATIA TREVEREN ECOLIE ARCHIEPIS. Évêque bénissant. Grand sceau ovale.

256. — IESERIS D. IAINA PIEUSE R. BRITON ANCON. FAR. Sceau rond, armoiries martelées.

257. — Grand cachet en bois : La Rochelle ; au centre, S. V. ; Au dessus une croix ; au dessous fleurs de lis, XVIIIᵉ siècle.

258. — Plusieurs autres sceaux en bronze.

259. — S. IOHANES DE LINER. Sceau rond.

260. — Bulles en plomb de différents papes.

261. — SIGIL. PRIORIS MON Sᵗⁱ MAURINI. Cachet ovale.

262. — Bureau de La Rochelle.

263. — Collège de La Rochelle.

264. — Mairie de La Rochelle.

265. — Messageries nationales de La Rochelle.

266. — Canoniers garde-côtes.

267. — Sous ce numéro seront vendus quantité d'autres cachets.

268. — Deux petits cachets fer.

## MARBRE ET ALBATRE

269. — Médaillon marbre, tête d'Empereur romain.

270. — Médaillon marbre, tête d'Impératrice romaine.

271. — Médaillon ovale; Hercule vu de dos. marbre.

272. — Médaillon ovale; femme vue de dos, marbre.

273. — Statuette albâtre.

274. — Beau mascaron, terre cuite.

275. — Autres objets.

---

## BOITES, TABATIÈRES, MINIATURES

276. — Boîte ovale, cuivre doré, miniature d'homme, époque Louis XV.

277. — Boîte ronde, pochade flamande, fixé.

278. — Boîte ronde écaille, très jolie miniature d'homme, signée : Boby.

279. — Boîte ronde ivoire, très fine miniature représentant une jeune et jolie femme vue de face, la tête légèrement levée. Les cheveux blonds cendrés tombant sur ses épaules. La robe, très décolletée, laisse voir les deux seins. Époque Louis XVI.

280. — Boîte ronde ivoire, jolie miniature représentant Mademoiselle de Fontanges, époque Louis XVI.

281. — Boîte ronde écaille, jolie miniature, promenade sur l'eau.

282. — Boîte ronde ivoire, tour émaillé bleu et or, sujet sur verre.

283. — Boîte ronde écaille, cavaliers combattant, fixé.

284. — Boîte ronde, grisaille.

285. — Miniature très fine; une jeune femme assise pose des fleurs sur un écusson que soutiennent deux autres jeunes femmes, peint par La Rosalba, en 1720.

286. — Vénus portée par un Dauphin; deux naïades et un Dieu marin lui présentent leurs hommages. Très fine miniature, dessus de boîte époque Louis XV.

287. — Jeune fille en costume savoyard Louis XVI.

288. — Jeune fille, la tête levée; jolie miniature, signée : DELPUECH, 1795.

289. — Jolie miniature; jeune fille jouant du luth.

290. — Jeune fille tenant un rouleau de papier sur lequel on lit : « Rien n'est plus dangereux qu'un maladroit ami, mieux « vaudrait un sage ennemi ». Peinture sur porcelaine de Sèvres.

291. — Miniature de femme.

292. — Pochade flamande, fixé.

293. — Miniature de femme, époque Empire.

294. — Petite miniature de femme, par Sancethène, 1799.

295. — Miniature, portrait de vieillard.

296. — Petite miniature de femme.

297. — Jolie petite peinture, paysage.

298. — Nymphe et femme, peinture sur ivoire.

299. — La Sainte Famille, peinture sur parchemin.

300. — Femme assise, peinture sur parchemin.

301. — Deux petits cuivres encadrés, homme et femme.

302. — Sous ce numéro seront vendus quantité de miniatures, fixés, etc.

# ÉMAUX

**303.** — L'Annonciation, émail sur cuivre, 0ᵐ,11 sur 0ᵐ,08, signé derrière : JEAN NOUAILLHER, *fec. à Limog., 1750.*

**304.** — La Vierge, les mains croisé s sur sa poitrine, 0ᵐ,09 sur 0ᵐ,07, signé derrière : P. NOUAILLHER, *emaillieur à Limoges.*

**305.** — Saint Jean-Baptiste assis et tenant une longue croix, caresse un mouton qui s'appuie sur lui. Sujet en médaillon. Angles et ornements blancs et or, 0ᵐ,13 sur 0ᵐ,11, signé derrière : N. LAUDIN, *emaillieur près les Jésuites à Limoges.*

**306.** — La Vierge transportée au ciel. La Vierge vêtue de bleu croise les bras sur sa poitrine, sur laquelle est posé le Saint-Esprit, sujet en médaillon, ornements et bordures en blanc rehaussé d'or, 0ᵐ,11 sur 0ᵐ,09, Limoges, xvIIIᵉ siècle.

**307.** — La Vierge tenant l'Enfant Jésus qui lève les bras vers une croix. Cuivre octogone, sujet ovale ; en bordure se trouvent quatre saints et saintes en médaillons. *Limoges.* P. N., dans le haut de la bordure. PIERRE NOUAILLHER.

**308.** — Saint Jean-Baptiste assis, tenant un pain de la main droite et de la gauche une longue croix, sujet ovale, bordures et ornements en blanc, 0ᵐ,11 sur 0ᵐ,09. Limoges.

**309.** — Petit émail rond, diam. 0ᵐ,06. Une Vierge martyre une palme et une croix à la main ; à ses côtés, un dragon ailé ; au revers oiseau et ornements sur fond blanc.

**310.** — Le baptême du Christ, petit émail en grisaille ; au revers, paysage sur fond blanc.

**311.** — Saint François. Le saint tient un Christ de la main gauche, la droite appuyée sur sa poitrine, 0ᵐ,07 sur 0ᵐ,06.

312. — Ecce Homo, joli émail rehaussé d'or, 0^m,09 sur 0^m,07.

313. — Saint Jean-Baptiste, bordure blanche octogone, coins et ornements en blanc, 0^m,09 sur 0^m,07.

314. — Grand émail sur cuivre, haut. 0^m,17 sur 0^m,13. Le Christ, les pieds dans le Jourdain, reçoit le baptême. Saint Jean-Baptiste, vêtu d'un grand manteau rouge, tient une longue croix à la main. Derrière le Christ, deux anges entièrement vêtus soutiennent ses vêtements et son manteau qui est bleu rehaussé d'or. Très belle exécution et conservation irréprochable, signé : Baptiste Nouailher, à *Limoges*.

315. — Le Christ en croix, haut. 0^m,15 sur 0^m11, signé : N. Laudin Laisné.

316. — Grand émail ovale, haut. 0^m.17. Saint Michel, le pied droit appuyé sur la tête du démon, le précipite dans les flammes ; d'une main il brandit son glaive et tient une longue chaîne de l'autre. Contours à guirlandes, magnifique émail aux coloris chauds, d'exécution parfaite et de très belle conservation, signé : N. Laudin, à *Limoges*.

317. — Grand émail ovale, haut. 0^m,19. Saint Louis délivrant un prisonnier. Le roi vêtu d'une tunique bleue fleurdelisée tient d'une main un livre et une palme ; de l'autre un instrument qui servait à attacher un prisonnier qui est à genoux devant le roi ; en bordure, fleurs sur fond blanc. Très bel émail, d'une grande finesse, signé : N. Laudin Laisné.

318. — Pendentif double face à armature d'argent, représentant d'un côté un évêque et de l'autre une sainte en prière.

319. — Autre pendentif.

320. — Petit émail peint : le jugement de Salomon.

321. — La Sainte-Famille, la Cène, la Flagellation, petits émaux peints.

322. — Sous ce numéro seront vendus différents émaux peints.

323. — Coupe ronde, cuivre émaillé de Limoges. A l'intérieur, la Vierge tenant l'Enfant Jésus, grisaille sur fond noir. Les parois intérieures divisées en douze parties sont ornées de fleurs et feuilles polychromes sur fond blanc. A l'extérieur, un paysage; les douze godrons sont enrichis d'ornements polychromes sur fond noir, rehaussé d'or, signée : H. C.

324. — Aiguière à six lobes. Dans le fond, un saint en prière; fleurs, oiseaux et feuilles polychromes, à fond blanc, à l'intérieur.

325. — Râpe à tabac du xviiᵉ siècle. Dans un médaillon, une jeune et jolie femme en robe rouge tient d'une main un éventail, tandis que son autre main s'appuie sur sa poitrine; derrière elle, une draperie bleue à franges d'or. Au-dessus de ce médaillon, fleurs et feuilles polychromes sur fond blanc.

326. — Jolie bourse en soie à franges d'argent, ayant de chaque côté un émail dont l'un représente une jeune femme les cheveux tombant sur les épaules et vêtue d'une robe verte rehaussée d'or; l'autre émail représente un jeune homme portant la perruque, la grande cravate de l'époque et un habit bleu rehaussé d'or. Un de ces émaux est signé : Jean Laudin. xviiiᵉ siècle.

327. — Boîte ronde en ivoire, dessus émail, représentant une jeune femme assise, un petit chien sur les genoux.

328. — Médaillon ovale, haut. 0ᵐ,07, représentant une jeune femme en costume Louis XIV; côté de bourse.

329. — Deux autres médaillons, sujets religieux.

330. — Boîte émaillée, peinture en grisaille.

331. — Boîte ovale émaillée, époque Louis XV. personnages et fleurs sur fond bleu.

332. — Boîte ronde émaillée, sujets à personnages.

333. — Petit émail, Louis XIV enfant.

334. — Deux petits émaux ronds, fleurs et perroquets.

335. — Petite boîte émaillée bleu, à médaillons.

336. — Sous ce numéro seront vendus divers autres petits émaux.

# LIVRES

337. — Livre d'heures à l'usage de Besançon, avec encadrement et enluminures imprimées sur parchemin, à Paris, par Gille-Hardouyn.

« Les présentes heures à lusaige de Besençon tout au long
« sans ries requerir ont esté nouvellement imprimées à Paris
« par Gilles Hardouyn demourāt au bout du pont Nostre Dame
« devāt Saint-Denis de la Chartre, à l'enseigne de la rose d'or. »

Ce très rare livre, dont chaque page est bordée par une suite de sujets gravés, renferme sept pages à sujets et personnages traités d'une façon artistique et enluminés; dans le texte se trouvent de nombreuses vignettes enluminées, XVe siècle.

338. — Traduction allemande du Nouveau Testament, par Luther, imprimée à Magdebourg par Hans-Walther, 1.545 gravures sur bois, reliure cuir gauffré.

339. — Édition des œuvres de Virgile avec gravures, XVIe siècle.

340. — Délices de la reine Françoise recueilly par F. de Rosset, dédié à Monseigneur le Cardinal de Raiz, 1618. Reliure en cuir gauffré, plis grecs entrelacés.

341. — Divers morceaux de parchemins enluminés provenant de vieux missels.

# VITRAUX

**342.** — Fragment de vieux vitrail. Médaillon représentant le Christ mort, sur les genoux de la Vierge.

**343.** — Fragment de vieux vitrail. Buste de martyre.

**344.** — Fragment de vieux vitrail. Jésus devant Ponce-Pilate.

**345.** — Autres fragments de divers vitraux.

---

# ARMES

**346.** — Canon à boîte de la fin du $xiv^e$ siècle, composé de tubes en fer forgé, renforcés par des anneaux, et d'une boîte en fer ouverte et séparée, dans laquelle on mettait la charge de poudre. Le tube se termine par une sorte de caisse ouverte dans laquelle on déposait la boîte à poudre; longueur du tube, $0^m,51$, longueur totale, $1^m,08$. La gravure et la description de cette très rare pièce sont données dans l'ouvrage de M. P. Lacombe (*Les armes et les armures*, bibliothèque des Merveilles), page 243, fig. 1.

**347.** — Autre canon à boîte en fer forgé, les anneaux renforçant les tubes, beaucoup moins apparents; longueur du tube, $0^m,75$; longueur totale, $1^m,39$, $xvi^e$ siècle.

**348.** — Cuirasse en fer forgé, $xvi^e$ siècle.

**349.** — Devant de cuirasse, fer forgé, $xvi^e$ siècle.

**350.** — Casque, fer forgé, $xiv^e$ siècle.

**351.** — Brassards, fer forgé, $xiv^e$ siècle.

**352.** — Pistolets.

**353.** — Très beau canon de fusil incrusté d'argent.

354. — Dague en fer.

355. — Piques, hallebardes, épées, etc.

356. — Divers boulets, dont un ramé.

---

# GRAVURES

357. — ALIAMET. Chasse aux cerfs, de Berghem.— Temps de brouillard, de Vernet.

358. — B. AUDRAN. David terrassant Goliath.

359. — C.-L. AUDRAN. Multiplication des pains.

360. — J. AUDRAN. Sainte Scholastique, de Restout.

361. — G. AUDRAN. Jugement, de Salomon, de Coypel. — Martyre de saint André, du Guide. — Christ, de Lebrun. — Martyr de saint Protais, de Lesueur.

362. — AUDRAN. Enlèvement de Déjanire, du Guide. — La Présentation au temple, de Lebrun. — Baptême du Christ, de Mignard. — Mariage de Moïse, de Lebrun. — Les filles de Jéthro défendues par Moïse.

363. — J.-J. AVRIL. Les voyageurs effrayés, de Vernet. — Diane changeant Actéon en cerf. — La prise de Courtrai, de Van der Meulen.

364. — AVRIL FILS. Naissance de Samson, de Gouffier. — La Chananéenne, de Drouais. — Lycurgue, de Lebarbier. — Ulysse et Pénélope, de Lebarbier. — Coriolan et Véturie, de Lebarbier.

365. — J. BALECHOU. Sainte Geneviève, de Van Loo. — Les baigneuses, de Vernet.

366. — BAQUOY. Saints Gervais et Protais, de Lesueur. —

Voltaire et Frédéric, de Monsiau. — Le Voyageur allemand, de Wouwermans.

367. — BARNS. Départ pour la chasse, de Van de Velde.

370. — BASAN. Mort aux rats, de Vischer.

371. — BEAUVARLET. Le danger d'aimer, de Boucher. — La famille du fermier, de Fragonard.— La bonne intelligence, de Teniers. — Le ménage octogénaire, de Teniers. — Le gardien fidèle, de Huet.

372. — D. LA BELLA. Perspective du Pont-Neuf, à Paris.

373. — BERTAUD. Le Rocher percé, de Vernet. — La barque mise à flot, de Vernet.

374. — BERVIC. Portrait de Louis XVI, de Callet. — La demande acceptée, de Lépicié.

375. — BLOT. La bonté maternelle, d'Aubry. — Marcus Textus, de Guérin.

376. — BOISAT. Les enfants de Louis XVI, de Drouais.

377. — CALLOT. Tentation de saint Antoine. — Grande fête de village.— Scène triomphale.— Siège de Bréda, 6 planches. — Les misères de la guerre. — Balli di sfessania. Paysages. — Tour de Nesle. Les apôtres. — Mendiants, bossus et difformes. — Autres gravures.

378. — CARS. Entrée de Jésus à Jérusalem. — Le père aveugle, de Greuze. — Moïse frappant le rocher, de Poussin. — Apothéose de Louis le Grand, de Lemoine.

379. — CAZENAVE ET BENOIT. Adam et Ève.

380. — CHAMBARS. Mort de Turenne, de Lenoir.

381. — CHÉDEL. Colombier, de Boucher. — Abreuvoir d'oiseaux, de Boucher. — Le dévot ermite, de Boucher.

382. — CHEREAU. Scène religieuse, de Raphaël.

383. — Cochin. Le voyage de Pierre.

384. — Cochin et Lebos. Huit gravures : Ports, de Vernet.

385. — Danzel. Mort de Socrate, de Sane.

386. — Darcis. Marius à Minturnes, de Drouais.

387. — Daullé. Port de mer, de Vernet. — Le pélerinage, de Vernet. — Vénus et les Grâces au bain, de Boucher. — L'amour porté par les Grâces, de Boucher. — Vénus et l'Amour, de Boucher.

388. — Delegorgne. Enée, du Dominiquin. — Demarteau aîné. Le lion malade, de Huet. — Le loup berger, de Huet. — Deux scènes pastorales, de Huet. — Autres gravures.

389. — Dequevauviller. Le contre temps, de Lavrence.

390. — Desnoyers. Héloïse, de Lefèvre. — Abelard, de Lefèvre. — Vénus désarmant l'Amour, de Lefèvre.

391. — Desplaces. Jésus guérissant les malades, de Jouvenet. — Le combat des Centaures, de Lebrun. — Hercule délivrant Hésione, de Lebrun.

392. — Dion. Homère, de Blondel.

393. — Dissard. Mariage de la Vierge, de Raphaël.

394. — Dorigny. Les sept planètes, de Raphaël.

395. — Dossier. Sainte Anne et la Vierge, de Rubens.

396. — Drevet. Jésus sortant du tombeau, d'Andray. — La Sainte-Famille, de Raphaël d'Urbin.

397. — Duclos. Mariage grec, avant la lettre.

398. — Duclos et Longueville. Diane et Actéon, du Titien.

399. — Duflos. — La cuisinière, de Duménil.

400. — C. Duflos. Saint Jean-Baptiste et Jésus. — Sainte Cécile, de Mignard.

401. — Dupin. La vivandière, de Watteau. — Le maraudeur, de Bonnart.

402. — A. Durer. La Vierge au singe. — La mélancolie. de J. Wirick. — Portrait du comte de Siekingen. — Autres gravures.

403. — Duret. La pêche au fanal, de Vernet.— Trois vues de ports d'Italie, de Vernet.

404. — Edelinck. Saint Louis en prière.— Grand Christ, de Lesueur. — Combat de cavaliers. — Les courtisanes de Scipion, de Monier. — Moïse tenant les Tables de la loi. — Vie d'Alexandre, deux gravures, de Mignard.

405. — J. de Frey. Présentation au Temple, de Rembrandt.

406. — Fessard. Fête flamande, de Rubens. — Chaire de la paroisse de Saint-Roch, de Challes.

407. — Flippart. Vénus et Ænée, de Natoire. — Chasse au tigre, de F. Boucher. — Chasse au lion, de Van Loo. — Notre Seigneur à la piscine, de Dietriey.

408. — Ph. Galle. La Flagellation. — Judith et Holopherne. — Triomphe romain. — Quatre autres gravures.

409. — Gaillard. La femme colère, de Greuze. — Le fils puni, de Greuze. — La méditation, de Schenau.

410. — Gallimard. Le parfait ingénieur français, de Cochin fils.

411. — Gamelin. Diverses gravures macabres.

412. — Giraudet. Apollon et les Bergers, de Cassos.

413. — Ginar. La bonne chère, d'Oudry.

414. — Haid. Deux scènes d'intérieur.

415. — Hemery. Création d'Ève, de Procaccini.

416. — Heudelot. Le rubis sur l'ongle, de Van Stavere.

*

417. — HURET. Mise en croix.

418. — P. DE JODE. Le jugement dernier, de Jean Cousin.

419. — LARMESSAN. Le matin, de Lancret. — A femme avare galant escroc, de Lancret.— Les deux amis, de Lancret. — La soirée, de Lancret.

420. — LAUNAY. Les Gaîtés de Silène, de Bertin. — Le petit prédicateur. de Fragonard. — Marche de Silène, de Rubens. — Le four à chaux, de Loutherbourg.

421. — V. DE LAUNAY. L'heureuse fécondité, de Fragonard. — L'éducation fait tout, de Fragonard. — Les baignets, de Fragonard. — Scène de famille, de Fragonard. — La félicité villageoise, de Freudeberg.

422. — P. LAURENT. Le passage du bac, de Berghem.

423. — J.-PH. LE BAS. Les œuvres de miséricorde, de Teniers.— Kermesse, de Teniers.— Le chimiste, de D. Teniers. L'enfant prodigue, de D. Teniers. — L'école du bon goût, de D. Teniers. — Le bon père, de D. Teniers. — D. Teniers et sa famille, de D. Teniers. — Ancien port de Messine, de Cl. Lorrain. — L'embarquement des vivres, de Berghem. — Halte de cavalier, de Wouwermans. — Rendez-vous de chasse, de Van Falens. — Le chasseur fortuné, de Van Falens. — L'heureuse union, de Greuze. — Différentes autres gravures.

424. — M^me LEMPEREUR. Ruines d'Eraclée, de Pillement. — La pyramide de Sextius, de Pannini. — Les colonnes de Campo Vaccino, de Pannini.

425. — LÉPICIÉ. L'amour oiseleur, de Boucher.

426. — LETELLIER. Chasse au lion et au tigre, de Rubens.

427. — LE VASSEUR. La gaîté sans embarras, de G.-M. Kraus. — La chaufferette, de Kraus. — La belle-mère, de J.-B. Greuze.

428. — LE VEAU. La bergère des Alpes, d'Aubry. —

L'acqueduc italien, de J. Vernet. — La cascade de Tivoli, de Lacroix.

429. — LIÉNARD. Vue des principaux monuments de Rome. Robert.

430. — LOIR. La chute des anges rebelles, de Lebrun.

331. — DE LONGUEIL. Le cabaret flamand, d'Isaac Ostade. — Halte flamande, d'Isaac Ostade.

432. — MACRET. J.-J. Rousseau aux Champs-Élysées.

433. — MALEUVRE. Le curieux, de Baudoin.

434. — MARTINI. Vue d'Avignon, de J. Vernet.

435. — MASSART. La cruche cassée, de Greuze. — La montre, de Greuze.

436. — MELLAN. La Sainte Face.

437. — MOITTE FILS. Récréations de la table, de Jordaens.

438. — MORIN. Christ mort, de Ph. de Champagne.

439. — MOYREAU. Ruines antiques, de Pannini. — Les marchands de chevaux, de Wouwermans.

440. — NANTEUIL. Portrait, par Ph. de Champagne. — Portrait de Van Mol.

441. — NÉE. Environs de Frascati. — Vue de bains antiques, de Masquelier.

442. — OSTADE. Scène hollandaise.

443. — J. PASQUIER. Mort d'Adonis, de Briard.

444. — PERRELLE. Collection de paysages.

444. — PICARD. L'Ascension, de Lebrun. — Défaite de Darius, de Lebrun.

446. — POILLY. Saint Charles Boromée chez les pestiférés.

447. — P. Pontius. Jésus tombant chargé de la croix, de Rubens.

448. — Porporati. Hermini chez le berger, de Van Loo. Clorinde et Tancrède, de Van Loo.

449. — Prud'hon fils. Coup de patte de chat, de Prud'hon père.

450. — Racine. Trois paysages, de Pillement.

451. — Rembrandt. Différentes gravures.

452. — Sadeler. Collection de gravures.

453. — Saint-Aubin. Le coupe-tête.

454. — Tardieu. Triomphe de Constantin, de Lebrun.

455. — Sous ce numéro seront vendues diverses gravures à la sépia.

456. — Collection de vingt gravures coloriées, portraits de députés, par Verité.

457. — Deux gravures coloriées, portraits de Marat et de Charles Linné.

458. —- Le duel de Décour fils; deux paysages, trois gravures coloriées.

459. — Lot de gravures coloriées ; sera détaillé.

460. — Collection de gravures de l'École allemande.

461. — Collection de gravures de l'École anglaise.

462. — Collection de gravures de l'École espagnole.

463. — Collection de gravures de l'École flamande.

464. — Collection de gravures de l'École hollandaise.

465. — Collection de gravures de l'École italienne.

466. — Sous ce numéro seront vendus une très grande quantité de portraits des xvii$^e$ et xviii$^e$ siècles.

467. — Collection de lithographies.

468. — Douze lithographies coloriées : les grimaces de Boilly.

469. — Sous ce numéro seront vendues par lots ou séparément, un très grand nombre de gravures.

470. — Sous ce numéro seront vendues séparément ou par lots, diverses gravures coloriées.

---

## DESSINS A LA SANGUINE

471. — Berghem (Attribué à). Paysage.

472. — Botticelli (Attribué à). La Vierge et l'Enfant Jésus.

473. — Bouffar (Attribué à). Étude.

474. — Carrache. — Jeune femme portant un vase.
Carrache (École de). Études.

475. — Cavedone. Vieillard.

476. — David. Étude.

477. — Gilardi (Attribué à). Études de tête.

478. — Greuze (Attribué à). Tête de vieillard.

479. — Lebrun. Étude.

480. — Le Guerchin (Attribué à). Homme en méditation.

481. — Lesueur. Deux études.

482. — Jouvenet. Étude d'après Raphaël.

483. — Massaccio. Mort d'un enfant.

484. — Ph. de Champagne (École de). Étude.

485. — Robert. Paysages.

486. — SCHALKEN. Moine priant.

487. — VAN LOO. Étude.

487 *bis*. — Sous ce numéro seront vendus quantité de très bons dessins à la sanguine.

-----

# DESSINS

488. — SÉBASTIEN BOURDON. Œuvre de miséricorde.

489. — BOURGUIGNON (Attribué à). Cavaliers.

490. — BRAUWER. Scène flamande.

491. — Autres dessins de J. Bonati, Fra Bolognèse, etc.

492. — CARLO CIGNANI (Attribué à). L'Annonciation.

493. — COCHIN. Paysages divers.

494. — D. COPEL. Amours.

495. — DAVEST LE BELGE. L'Ange gardien. — Mort de saint Joseph.

496. — LE DOMINIQUIN (Attribué à). La Pâques.

497. — FOUQUIÈRE (Attribué à). Paysage.

498. — FRAGONARD (Attribué à). Paysage.

499. — LE GUIDE. Tête d'homme.

500. — JOUVENET. Deux dessins.

501. — LAGRENÉE LE JEUNE. Satyre enlevant une nymphe.

502. — LAURENT DE LAHIRE. Conférence entre le clergé romain et les protestants.

503. — LANCRET (Attribué à). Scène de famille. — Laveuses.

504. — CARLO LEBRUN. Bataille.

505. — MARLET. Paul et Virginie.— Scène militaire.

506. — MOREAU LE JEUNE. Ange armé.

507. — MURILLO (Attribué à). La Transfiguration.

508. — PANNINI (Attribué à). Ruines.

509. — PAROCEL (Attribué à). Cavaliers.

510. — PIÉTRO DE PÉTRY. Dalila livrant Samson.

511. — REGILLO (Attribué à). David jouant de la harpe.

512. — J. ROMAIN (Attribué à). L'enlèvement d'Europe.

513. — SADELER. Deux dessins.

514. — PAUL VÉRONÈSE. Scène romaine.

515. — WANNEWELSCHE. Samson et Dalila.

516. — WATTEAU. Page jouant de la guitare.

517. — WOUWERMANS. Cavaliers.

518. — Sous ce numéro seront vendus quantité de très bons dessins.

# DIVERS

519. — Hanap, époque Louis XIV, plaqué.

520. — Brûle-parfum, époque Louis XIV.

521. — Sucrier empire.

522. — Encensoir, cuivre ciselé, époque Louis XIII.

523. — Deux salières cuivre, époque Louis XIV.

524. — Deux petits cartels, époque Louis XV.

525. — Pilon, bronze.

526. — Chandelier gothique en bronze.

527. — Statuette de Saint, ivoire, haut. 0ᵐ,23.

528. — La Vierge écrasant le serpent, statuette.

529. — Écritoire, époque Louis XVI.

530. — Corbeille, cuivre repoussé.

531. — Jeu de poids en cuivre.

532. — Paire d'étriers, bronze.

533. — Divers pots et lampes romaines en terre cuite.

534. — Deux statuettes polychromes, homme et femme.

535. — Petit groupe polychrome, enfants jouant.

536. — Tirelire, fer, époque Louis XIII.

537. — Groupe bois polychrome, la Sainte Famille.

538. — Statuette de Saint, bois doré.

539. — Deux statuettes, Vierges, bois doré.

540. — Moule à cuiller, bronze.

541. — Grand plat rond, époque Louis XIV, plaqué.

542. — Grand plat rond, en cuivre repoussé, époque Louis XIII.

543. — Bénitier, cuivre repoussé, Renaissance.

544. — Collection de pierres gravées.

545. — Sous ce numéro seront vendus un certain nombre de divinités asiatiques en porcelaine, faïence, bronze, pierre de lard, etc.

546. — Collection de camées.

547. — Morceau de soie brodée, xviiᵉ siècle.

548. — Petite bourse, soie tissée d'argent.

549. — Diverses décorations.

550. — Buste de Christ, buis, xvi<sup>e</sup> siècle.

551. — Paire de flambeaux, époque Louis XVI, forme trépied, armature en bronze. Les pieds sont ornés d'un buste de Mercure, finement ciselé; dessous, divers ornements les terminent d'une façon gracieuse.

552. — Vase bronze, en forme d'aiguière. La poignée formée d'une chimère à tête de femme, le corps terminé par un ornement; de gracieux motifs décorent le col et les pieds.

553. — Panneau sculpté, en bas-relief. Saint debout tenant une croix et un livre.

554. — Collection de poids de toutes époques et de différents pays, parmi lesquels se trouvent un poids de la ville de Bayonne (125 gr.) quarteron; un poids de la ville de Toulouse de l'an 1239 (125 gr.) quarteron; un poids de Béziers (206 gr.); un poids d'Arles (97 gr.).

555. — Collection de boutons anciens.

556. — Collection de bagues anciennes.

557. — Petite peinture en son cadre bois sculpté.

558. — Diverses châtelaines, bronze et fer.

559. — Paire de boucles d'oreilles ancienne.

560. — Agrafes Louis XVI avec peintures sur porcelaine.

561. — Éventails.

562. — Petit cadran avec boussole, en son étui, époque Louis XV.

563. — Diverses boîtes rondes.

564. — Très grand nombre d'ornements en bronzes, de diverses époques. Entrées de serrures, statuettes, etc.

564 *bis*. — Collection de médailles religieuses.

565. — Mosaïques florentines encadrées : tigres.

566. — Mosaïque florentine encadrée : temple de Vesta.

567. — Petit coffret, bois, à compartiments.

568. — Lampe asiatique en bronze.

569. — Jolie statuette, bronze, Mercure, haut. 0$^m$,35.

570. — Buste en pierre du fils de Louis XIV, portant perruque et grande cravate, cuirasse fleurdelisée.

571. — Buste d'Henri IV, terre cuite.

572. — Buste de la duchesse d'Angoulême, biscuit, haut. 0$^m$,27.

573. — Meuble à tiroirs, en ancienne laque, très rare.

574. — Sous ce numéro, il sera vendu un grand nombre de livres, dont quelques-uns rares et curieux.

575. — Sous ce numéro, il sera vendu un grand nombre d'objets non catalogués.

MACON, IMPRIMERIE PROTAT FRÈRES